這方國土

許世賢心靈符號詩集

台灣史詩

CIS · LOGO
HERO · HISTORY
POETRY

許世賢著

新世紀美學

名家推薦

詩人設計家許世賢新作心靈符號詩集，結合現代詩、企業識別設計與書法家林隆達的書法，譜寫生命之美、台灣史詩的心靈符號三部曲。獲得台灣知名詩人、小說家、書法家、書畫藝術家、攝影家、設計家、專欄作家、律師、企業家、出版家、歷史學家、文物研究學家、博物館、文學館館長與政府官員共襄盛舉跨界推薦。經典巨作，深值典藏。

依推薦人筆畫序

詩人・創世紀詩刊總編輯
辛　牧

國立臺灣歷史博物館館長
呂理政

歷史小說家
東　年

前文化建設委員會主委
翁金珠

依推薦人筆畫序

詩人
向　明

詩人・乾坤詩刊社社長
林煥彰

書法家・台灣藝術大學教授
林隆達

設計家・銘傳大學商設系教授
柯鴻圖

依推薦人筆畫序

詩人・兩岸詩詩刊創辦人
方　明

媒體人・專欄作家
王尚智

詩人・國北教大圖書館館長
向　陽

書畫家・台灣藝術大學教授
李轂摩

國立台灣文學館館長
翁誌聰

設計家
黃鴻文

詩人・台大哲學系教授
楊　風

台灣古地圖協會理事長
楊蓮福

國史館臺灣文獻館前館長
劉峰松

輔仁大學歷史系教授
郭武雄

詩人・明道大學人文學院院長
蕭　蕭

台北市文獻委員會文物評鑑委員
蔡清杉

南天書局出版社社長
魏德文

經濟部加工出口區管理處處長
黃文谷

設計家・亞洲大學視傳系教授
游明龍

設計家・畫家
廖哲夫

詩人・中國文藝協會理事長
綠　蒂

律師
陳貴德

戶外生活圖書公司社長
陳遠建

台灣碗盤博物館館長
簡楊同

攝影家
鐘永和

詩人・吹鼓吹詩論壇社長
蘇紹連

書畫家・台北藝術大學教授
李蕭錕

秋惠文庫台灣文物館館長
林于昉

設計家・南應大視傳系教授
林宏澤

書藝家
柳嘉淵

書畫家・師大美術系教授
程代勒

國立彰化生活美學館館長
劉玄詠

成霖企業董事長
歐陽明

德綸興業董事長
蔣江彬

攝影家
簡榮泰

以生命書寫貫穿的心靈符號三部曲

許世賢心靈符號詩集由《這方國土—台灣史詩》、《生命之歌—朗讀天空》與《來自織女星座的訊息—詩與書法交織的視界》三部曲構成。這是以生命書寫貫穿的心靈符號三部曲，結合歷史與生命哲思，融合符號設計、書法藝術與詩的心靈詩篇。

《這方國土—台灣史詩》書寫為這方國土獻身英雄的光榮史詩，以宛如電影史詩生動意象，帶領讀者進入先人血淚交織的時空，看見大時代動盪中先民展現卓絕的人性光輝與無私的愛。親身體會詩中主角生命抉擇與悲壯情懷。透過詩篇貼近遼闊戰陣的氛圍營造，我們彷彿聆聽迴盪這方國土悠揚的交響詩。是生命意義的省思，更是台灣核心價值的深刻素描。頌揚典範，歌詠這方國土現代與未來的英雄，以勇氣與生命書寫台灣史詩。

《生命之歌—朗讀天空》像田園交響曲般瀰漫如歌慢板，陽光滿溢潔淨心靈的詩篇，打開宇宙第三隻眼，讚嘆吟詠無邊生命之美。輕盈筆觸頌揚生

命浪漫與尊嚴，捕捉生命當下精彩風景。讓宇宙生死流轉成住壞空化作威爾第流暢的四季交響曲。這些以親切語彙、優雅音韻譜寫的詩篇，溫暖人心，撫慰所有徬徨無依的心靈。更帶領讀者伸展心靈羽翼，伴著天使遨遊濃情海洋，徜徉詩意的天空。

《來自織女星座的訊息—詩與書法交織的視界》將傳統書法內蘊雋永詩意，與現代詩心隔空對話一體呈現。融會古今詩詞交互對應，傳統書法藝術與現代時尚設計迴旋，交織流動無垠時空奇幻影像。我們靜觀詩人設計家許世賢以簡約造形藝術，編織宇宙共通語言。同時欣賞書法家林隆達行雲流水以筆墨暈染的印記，宛如觀賞紛飛無垠天際流星與璀璨星雲的舞蹈。更加用心體會遠從織女星座傳來的訊息，開展人類文明有關宗教、哲學、藝術與科學的心靈對話。

前文化建設委員會主任委員　**翁金珠**

史詩是典範轉移共通模式

歷史是國族的記憶，潛藏歷史深層意識型塑國族內在靈魂特質。抹滅歷史印記猶如去除人類記憶，人將不知從何而來，為何而活，為何獻身以及生存的積極意義。除了無意識存在外，了無價值創造的可能性。而從潛藏歷史足跡，更可以看見先人的抉擇與典範，保存了彌足珍貴的文化印記。宛如生命系統的DNA，隱藏了多元進化的可能性。把歷史足跡留下，以各種形式保存族群認同的光榮典範，更是人類創造圖騰符號的積極功能。而歷史記載流傳形式中，詩歌與圖騰是最古老的保存形式。從伊里亞德傳頌希臘人神的光榮史詩以降，透過詩歌、小說、文學、音樂與各種藝術形式流傳的印記。讓人們回溯歷史足跡，找尋未來道路，應該是所有文明典範轉移共通的模式。

以詩的形式書寫台灣史詩，保存的不只是編年紀實的歷史印記，更重現時代氛圍與內在心靈悸動，深具情緒感染力。國族情感的凝聚彌足珍貴，到了二十一世紀的今天，以現代詩的藝術形式書寫台灣史詩，銜接過去與未

來文學心靈的遞延，更具時代意義。詩人設計家許世賢以現代詩書寫台灣史詩，更以識別符號藝術家的語彙與影像，以融入現代潮流時尚形式重現歷史，將讀者帶入壯烈遼闊的時空背景，親身感受那徘徊生命價值的掙扎，探究那為國土獻身的壯烈情懷與責無旁貸的使命感。究竟從何而生？

乙未戰爭一百二十年後的今天，歷史足跡漸行漸遠，然而生存於這方國土的子民，面對享有的美好生活，切不可忘卻面對猛烈砲火震顫的先民，在機槍環伺戰場上奔馳的壯烈英魂。他們不只締造我們今日榮景，以生命書寫這方國土光榮史詩。並且激勵現在與未來的英雄們，以他們樹立的典範，召喚後繼者的使命感。詩人許世賢以萬代傳頌的詩篇重現先賢壯麗背影，誠摯紀錄這方國土不容抹煞的歷史榮光，鼓舞更多覺醒的靈魂，一起以生命書寫台灣史詩，以生命烙印心靈符號。這才是許世賢心靈符號詩集三部曲這套詩集出版的歷史意義。

國史館台灣文獻館前館長　**劉峰松**

收攝宇宙天地成為台灣之魂

楊　風

很榮幸在世賢兄的三本詩集出版前，有機會事先細賞這些美麗的詩篇。細賞世賢兄本次出版這套心靈符號三部曲，發現有兩個特色：一是納宇宙為己心，以天地為生命；二是收攝宇宙、天地，成為台灣之魂。而貫穿這兩個特色的詩句，則是「美」一個字。在這三本詩集當中，「美」的詩句比比皆是。例如：「在妳眼裏讀到一首詩」、「在心底哼唱銀河之歌」、「妳潔淨眼眸晶瑩露珠／滴落須彌山巔」、「我佇立玉山之巔拔劍／向戰士致敬」、「安坐心靈最深邃的角落／一盞心燈閃爍寂寞」等等。

而第一個特色，幾乎出現在這三本詩集的每一本，特別是《生命之歌》當中。這個特色，使得許世賢的詩作，架構宏偉、詩意廣博。整本《生命之歌》中的詩作，每一首都悠遊在宇宙、天地之間。宇宙、銀河、虛空、天幕、星空、星斗、星河、星雲、異次元、普羅米修斯（希臘神話中的盜火神）、須彌山（佛經中的宇宙最高山）等等和宇宙相關連的意象，耀然詩中，一再出現，令人讀了心胸寬廣、神情舒暢。彷彿一己的生命就是全宇

宙的生命，全宇宙的生命就是一己的生命。

許世賢這三本詩集第二個特色，不只停留在漫無邊際的想像，還能收攝宇宙、銀河、星雲，回到有血有肉，與台灣本土相連結的詩作，卻依然有著宏偉、寬廣的氣勢。例如下面這首〈巨人肩膀上的巨人〉

掬一把泥土撒向太平洋
讓海洋知道土地的滄桑
解開文字腳鐐
讓榮光重踏綠蔭大地

站在巨人肩膀上的小巨人
揮舞光明旗幟迎風啟航
航向一望無際遼闊地平線

披上燦爛星光的海洋
深情撫慰沉默山巒
晨曦總在不遠處升起
美麗的福爾摩莎

讀〈站在巨人肩膀上的小巨人〉我們彷彿看到這位站在巨人肩膀上的小巨人，正引領我們去賞讀他那氣勢磅礴的史詩！

最後，我要引世賢兄《生命之歌》裡的一首詩作為完美句點。

我只能留下一本詩集
一本以生命譜寫的動人詩篇
讚頌自由不羈的靈魂
歌詠純淨慈悲的心靈
以溢出紙面文字

詠嘆弦外之音
以微弱心房隔空擊節
吟詠生命如歌慢板

我還留下一本空白詩集
裏面有無垠宇宙旋轉星河
曼妙天籟繁花錦簇
只要閉上雙眼
就會在心底浮現
請以真摯情感與生命書寫
當你自覺寂寞與孤單
記得抬頭仰望繁星
聆聽遠方心靈呼喚

台大哲學系教授　**楊　風**

作者序

以壯闊場景描繪台灣英雄史詩

許世賢

台灣地處東亞地緣要衝，連結太平洋與印度洋航海渠道，自古以來為列強覬覦。在歷經清法戰爭後，一八九四年日清甲午戰爭清國戰敗。清國一直隱瞞欲割讓台灣的事實，一八九五年日清馬關條約割讓台灣的消息傳來，台灣軍民群情激憤，拒絕受命。旋即成立台灣民主國，展開神聖的國土保衛戰，這是台灣史上最大規模戰爭。今年適逢台日乙未戰爭一百二十周年，在已經民主化的這方國土，發表《這方國土─台灣史詩》深具意義。

《這方國土─台灣史詩》光榮史詩篇是以乙未戰爭歷史為本創作的詩篇。我循線追逐當年台灣民主國軍走過的歷史軌跡，重現台灣軍與日軍近衛師團氣勢澎湃的激戰場景，刻畫當時台灣軍人在孤立無援下，依然奮勇作戰的心靈悸動與悲壯情懷，如實書寫他們的武士之道。這是第一次直接以現代史詩呈現台灣歷史的創作，也是精緻描繪那令人動容壯麗生命的作品。

為忠實呈現歷史畫面，我加入台灣古地圖文物史料協會，獲得許多前輩提

供寶貴文獻資料與研究心得，協會古地圖專家、歷史學者的協助讓我獲益匪淺。我也要感謝國立臺灣歷史博物館提供珍貴史料書籍，並派員與我研究討論，協助我就當時日軍戰史、英美記者報導第一手資料詳加分疏。抱持對盤根錯節歷史真相追根究底的態度，對植基不同史觀紛陳史料嚴謹推敲，愈發理解台灣民主國軍民一百二十年前面臨的處境，油然升起崇高敬意。進而創作不同於歷史書寫傳統筆觸，完全以當事人生命體驗為視角的詩篇。我視歷史為川流不息生命長河，脈絡相連，因此詩集也收錄當代這方國土台灣英雄的詩篇。

在一八九五年乙未戰爭史現存史料中，保存許多日本當年繪製圖畫與影像圖錄，以浮世繪風俗畫等藝術品形式呈現，記錄日軍英勇事蹟，宣揚日本近衛師團攻台戰爭征討台軍的軍威。身為台灣詩人與台灣軍的後代，如何以台灣民主國軍的視界重現歷史。讓台灣下一代望見，在這方國土壯闊山河佈陣，與日軍浴血作戰，台灣民主國軍莊嚴背影，是我一生懸念的志業。

這方國土

目次

這方國土

目次

118 美麗彩虹篇

這方國土

目次

這方國土 2004

福爾摩沙

福爾摩沙之歌

福爾摩沙美麗之島
在晨曦金色曙光中甦醒
白雪紛飛輕拂群山
傲然屹立太平洋

福爾摩沙東海之濱
守護玉山的神鷹
舞動羽翼環顧八卦山
勇士傳奇的故鄉

福爾摩沙光明國土
在砲聲響起時向前邁進
無視烏雲密佈

自由旗幟迎風飄揚
福爾摩沙民主國度
守護夢想與希望
族群融合共創新世紀
自由民主新故鄉

福爾摩沙之歌

福爾摩沙美麗之島
在晨曦金色曙光中甦醒
白雪紛飛輕拂群山
傲然屹立太平洋

福爾摩沙東海之濱
守護玉山的神鷹
舞動羽翼環顧八卦山
勇士傳奇的故鄉

福爾摩沙光明國土
在砲聲響起時向前邁進
無視烏雲密佈
自由旗幟迎風飄揚

福爾摩沙民主國度
守護夢想與希望
族群融合共創新世紀

軍旗迎晨曦飄揚

爭奇鬥豔奇珍異獸綻放光芒
照亮島嶼城市繁華街道
自由的天空飄逸朦朧醉意

觀音山晨曦喚醒閃亮槍身
部隊迅速武裝集結操練
軍旗迎風飄揚淡水河畔

基隆外海戰艦乘風破浪
陽光照射甲板戰士光輝臉龐
航向蔚藍海洋神聖領海

戰機雷霆升空翱翔雲端

巡弋祖先守護的天空
宣示國家主權不容侵犯

嘹亮歌聲迴盪玉山之巔
吟唱抵禦強權奮戰的詩篇
捍衛莊嚴國土光榮使命

烈焰點燃心底的太陽

寒冬瑟縮沉寂蒼涼的心
想凍結孤獨蒼鷹
飛向夢想國度的羽翼
強風鼓噪熄滅火苗
以冷漠拍打堅毅臉龐

翻山越嶺跨越黑水的飛行者
以無盡熱情點燃希望火苗
在心底編織美麗夢想
靜默揮舞翅膀逆勢翱翔

無視強風逆流昂首飛行
吟唱開天闢地永恆詩篇
用烈焰點燃心中太陽

持續盤旋巍峨玉山之巔
直到天空飄逸湛藍絲綢
綴滿金色雲花朵朵

直到翠綠螢光渲染大地
褪去白色覆蓋悲滄

烈焰灼熱閃耀
隱藏心底溫暖的太陽
將薪火相傳
永不熄滅

《心靈符號──許世賢詩意設計展專輯》

迎著歌聲航向大海

閃爍明滅的星斗紛紛滑落
化身標示領海浮標
守護玉山的神鷹盤旋領空

蜿蜒國土巡航的蛟龍
靜默聆聽阿里山嘹亮歌聲
隨晨曦吟唱百步蛇傳奇

把祖父佩刀化作魚雷
宣誓媽祖守護國土的決心
不容惡龍喧囂來襲

迎著歌聲航向大海
記住對暴雨咆哮的祖先
沈寂潛艦靜默航行

2009

迴旋艦砲舉劍環顧

破曉曙光喚醒尾翼太陽神
點燃翻騰雲海金色榮光
戰機穿梭巡航防空識別區
莊嚴宣示國家主權

銀灰戰艦疾馳太平洋
乘風破浪迎向台灣新紀元
陽光照拂雪白軍帽
閃爍防衛海洋的決心

掌舵雙手緊握國家尊嚴
凌厲眼神凝視歷史滄桑
迴旋艦砲舉劍環顧
不容進犯敵艦重新集結

太陽神馬拉道仰天怒吼
戰鬥機群火速升空
戰艦疾馳佈陣海洋最前線
捍衛自由民主永恆價值

2015.1.2

2015年1月1日破曉時分，尾翼塗裝阿美族守護神馬拉道太陽神圖騰隊徽的花蓮空軍401聯隊F16戰鬥機升空，海軍國造戰艦升火列陣太平洋，宣示國家主權莊嚴儀式。

巨人肩膀上的巨人

掬一把泥土撒向太平洋
讓海洋知道土地的滄桑
解開文字腳鐐
讓榮光重踏綠蔭大地

站在巨人肩膀上的小巨人
揮舞光明旗幟迎風啟航
航向一望無際遼闊地平線

披上燦爛星光的海洋
深情撫慰沉默山巒
晨曦總在不遠處升起
美麗的福爾摩莎

富麗山川守護台灣

壯麗景緻映照雲端彩虹
八色鳥穿梭森林優雅飛翔
低鳴淺唱侯鳥之歌
讚歎美麗之島福爾摩沙

披上綠蔭褪去白衣
玉山自寒冬甦醒
對彩虹的子民輕吹哨音
隨春風散播希望

以強韌意志書寫光榮史詩
隨蕃薯葉脈蔓延
無懼虛矯文字強辭奪理

以燦爛陽光譜寫生命之歌
自阿里山顛真情詠嘆
讓江河奔流接力傳唱
迴盪這方國土山川原野

以深情詩篇印刻大地
喚醒沉寂心靈深處
烈焰般熱忱使命

《心靈符號──許世賢詩意設計展專輯》

Merrimack
River

富川精密工業 2014

光榮史詩

一八九五光榮史詩篇前言

1895年距今120年，在這方美麗國土出版台灣光榮史詩深具時代意義。台灣民主國是亞洲第一個民主共和國，1895年5月25日成立，次日在台北城舉行正式升旗典禮，使用現代國家使用的方形國旗，海岸砲兵陣地並鳴砲二十一響。旋即揭開這場發生於這方國土規模最大，史詩般壯烈，盪氣迴腸的戰爭。

1895年5月25日二艘先遣日本戰艦赴淡水偵查，受到守軍敵對攻擊，被迫停泊岸砲射程距離外。護送近衛師團的日本艦隊因而迂迴澳底，5月29日大軍壓境，擊潰成軍僅三日的步兵營後登陸。但前進至瑞芳時與守護基隆的台灣民主國軍激戰竟日，戰況慘烈。而基隆砲台攻防激烈戰鬥，更讓日軍見識台灣正規軍精準射擊與在處境艱困下仍不時逆襲的戰志。

1895年5月20日清國諭令駐台文武官員與軍隊內渡返國，許

多將領率部或隻身離去，但仍有許多加入台灣民主國軍，換上紅色新制服。基隆砲台攻防戰，日本海軍艦隊自6月2日起以艦砲轟擊各砲台，6月3日日本海軍陸戰隊發動地面攻擊，海陸砲擊下，守軍勇猛頑強堅守陣地。戰況逆轉繼而失守，係防衛獅球嶺砲台出身廣東與出身台灣兩支部隊不相統屬，情報誤判導致相互開火，讓日軍陸戰隊趁亂突入砲陣地防衛空隙。否則日軍指揮官，已下達停止攻擊指令，只是命令未達最前線。

日軍在激烈戰鬥後攻陷基隆，起先並不敢輕敵冒進。有些台灣民主國將領力主唐景崧親征佈防八堵禦敵決戰，或南撤新竹與他部會合整軍再戰。然唐景崧不置可否，只思個人處遇，半夜易容潛逃出城，搭外國商號船隻自淡水河出境。導致台北城防空虛，匪類猖獗搶攻庫銀，火燒總統府，引爆彈藥庫。正規部隊出城南撤，城內治安丕變，落入逃兵與土匪橫行局面。奉命

駐紮台北城南林口台地的林朝棟將軍與副總統丘逢甲卻解散所屬，不戰而逃，相繼內渡清國。

台灣民主國於基隆失守後，雖然總統唐景崧以降諸多文武官員棄職潛逃，台北陷落，日本舉行始政儀式。但日軍一離開台北城南進，即遭遇台灣民主國義軍統領吳湯興率領之義軍與以正規軍重新整編的新楚軍頑強抗戰。民主國軍拆除鐵軌實施游擊戰與陣地戰並行，讓日軍往南推進困難重重；而以台南為首的台灣民主國政府繼續存在，並發行郵票、公債流通，郵票上台灣民主國文字昭然，證明亞洲第一個民主共和國存在的事實。

在 120 年前清國諭令官員內渡的 5 月 20 日與今日民選總統宣誓就職的 5 月 20 日。在自由民主這方國土，遙望先烈奮戰的身影，實為後代子孫的我們，緬懷與效法的永恆典範。

2015.5.20

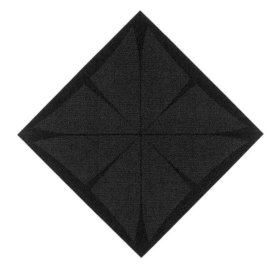

DAVINCHI

永固石材 2006

看著同樣的太陽

觀音山對面警衛森嚴
旗幟紛飛滬尾砲台
駐紮陣地清國砲兵營
疾馳增援步兵營
井然有序調動軍陣
輜重武器沉悶低鳴
口令聲此起彼落
為即將到來戰事佈防
青龍旗迎風飄揚

年輕砲兵觀測官腰繫長劍
手持望遠鏡搜索海面
山腰俯視美麗河口
日幕低垂淡水河
餘波蕩漾

軍官緊握長劍傲然佇立
準備一旦異國兵艦出現
在某個烏雲密布
大地被炮火交織覆蓋
分不清海洋與天空的午夜
有尊嚴地指揮戰鬥
光榮陣亡

幾年前法軍自西渡海而來
戰艦炮火震顫滬尾砲台
彈幕光燦沉寂夜空
法軍搶灘登陸淡水河岸
油車口兩軍白刃激戰
法軍撤退

一八九五年

清日馬關條約割讓台灣
台灣民主國成立
這塊土地上的軍隊與人民
有了自己的國旗

日軍攻陷基隆砲台
台灣民主國總統棄職潛逃
台北城陷落
黃虎旗被太陽遮覆

五十年後祖國的太陽升起
盼到的仍然是血色的天空

砲台依舊
夜色迷濛中
清國砲兵操練聲餘音迴盪
年輕軍官的後代

以同樣血肉之軀
在不一樣的太陽旗下
一代又一代
不屈服地生活著
在淡水河畔日落時分
看著同樣的太陽
那真正溫暖的太陽

《心靈符號—許世賢詩意設計展專輯》

台灣軍隊的答覆

淡水天空飄盪陰鬱烏雲
漫山軍旗迎風嘶鳴
滬尾砲台民主國軍嚴陣以待
步兵全副武裝屏氣凝神
靜候迎戰登陸敵軍

遙望日本戰艦紅太陽
台灣民主國軍官肅然而立
手持望遠鏡標定射擊座標
砲陣地官兵沉著備戰
全軍集火鎖定來犯日軍

清法白刃激戰剽悍軍風猶存
堅守陣地守護莊嚴國土

戰志昂揚滬尾砲台
宣示台灣軍隊寸土不讓
日本戰艦退出淡水河

1895年5月25日，台灣民主國成立當天，二艘日本軍艦接近淡水河口。民主國淡水駐軍斷然迎戰，日軍驚覺台灣民主國軍砲陣地防禦堅固，訓練精良，迅速撤離淡水河射程之外偵察。近衛師團五日後避開正規軍嚴密守備的淡水與基隆砲台，改從宜蘭澳底登陸，以陸戰隊自陸地配合海軍艦砲攻擊基隆砲台。5月26日台灣民主國在台北城舉行正式升旗典禮，校閱民主國部隊，砲台鳴放禮炮二十一響。

基隆砲台開戰前夕

台北車站戒備森嚴
全副武裝的步兵井然列隊
火車運回疏散民眾
戰士接續進入擁擠車廂
開赴國土最前線

離開喧囂繁華的台北城
青翠山巒飛逝眼前
平靜原野樂音繚繞
伴隨沈悶汽笛聲
宣說這方國土的悲愴

軍樂口令交織基隆火車站
軍旗飄揚值星官的嘶吼

步槍刺刀大刀腰際鏗鏘碰撞
戰士列隊開往砲陣地
運兵小艇綿延憂傷海面

1895年乙未戰爭，5月29日日軍自澳底登陸，迂迴基隆砲台側背進擊，在瑞芳與台灣民主國軍展開激烈戰鬥。6月2日起日本海軍艦隊猛烈砲擊基隆各砲台，預備6月3日發起海陸總攻擊。台灣民主國軍自台北城以火車運輸部隊，支援基隆前線，並撤出部分疏散基隆住民。

今天是陣亡的黃道吉日

墨黑暈開一紙陰鬱天幕
基隆外海戰雲密佈
洶湧波濤捲起台灣軍民的憤怒
海平面悠然浮現太陽旗
黑影幢幢日本戰艦
牽引連結天際裊裊黑煙
天地轟隆喧囂震盪
緊臨基隆外海懸崖上
雨水傾瀉民主國軍砲陣地
夾雜堅毅稚嫩的臉龐
黃虎旗下全副武裝
佇立崖上戒備森嚴
井然有序砲陣地
軍容壯盛嚴陣以待
弟兄們　沈住氣

瞄準敵人戰艦精準射擊
珍惜我們有限砲彈軍備
聽從指揮沉著應戰
狂風齊鳴媽祖悲憫的啜泣
宣說這方國土誓言
任暴雨淋濕身上嶄新軍服
洗淨我們的靈魂
英勇投入這場
神聖的國土保衛戰
展現台灣軍隊威武氣節
守護這方國土的尊嚴
樹立永不屈服典範
鼓舞後繼持續戰鬥

今天是陣亡的良辰吉日
台灣民主國指揮官如是說

《心靈符號—許世賢詩意設計展專輯》

基隆砲台巨大身影

滄桑基隆陰雨綿綿
沈默戰艦停泊莊嚴的海洋
日夜生火鳴笛待發
一百二十年星夜輪迴
仍未駛離這方國土

彈雨紛飛民主國軍砲陣地
台灣軍官如巨石隕落
另一個無懼身影佇立
宛如普羅米修斯壯碩背影
自懸崖拋擲天火烈焰

烽火連天搖撼翻騰
轟隆砲聲震碎美麗國土
黑夜披上金色鏈條

雷神狂暴揮舞雷霆
掃蕩漫山攀爬日本軍

穿上死亡披肩的將士
緊握閃耀刺刀冷冽槍身
手握軍刀自戰壕躍起
黃虎旗下白刃激戰蜂擁敵軍
巨大身影常駐這方國土

2015.3.27

台灣民主國乙未戰爭前夕1895年6月1日清國官員李經芳與日方在基隆外海戰艦上簽訂《台灣交接文據》。6月3日日軍海陸進攻基隆炮台，台灣民主國軍與日軍激戰竟日，基隆砲台堅守陣地，奮戰不敵後，砲台失守，基隆淪陷。

彈雨紛飛台灣軍砲陣地
民主國砲兵軍官巨石隕落
另一個無懼身影佇立
宛如普羅米修斯壯碩背影
自懸崖拋擲天火烈焰

砲陣地烽火連天搖撼翻騰
轟隆砲聲震碎美麗國土
黑夜披上金色鏈條
如雷神狂暴揮舞手中雷霆
掃蕩自地獄攀爬的鬼魅

穿上死亡披肩決戰的將士
緊握閃爍刺刀冷冽槍身
手握軍刀自戰壕躍起
黃虎旗白刃激戰蜂擁敵軍
巨大身影常駐這方國土

一八九五年六月三日台灣民主國軍與日軍激戰，日艦配合陸戰隊砲擊基隆砲台。

火燄照亮了同樣的台北夜空

歡欣鼓舞倒數計時
蜘蛛人引燃燦爛煙火
天將手中一〇一寶塔炫然綻放
火焰照亮台北夜空
搭捷運四面而來的孩子們
歡聲雷動吶喊青春
揮舞燦爛笑容

1895 年同樣的夜空
火光搖曳台北城
失去統帥的台灣民主國軍隊
兵慌馬亂中出城南撤
指揮官緊盯行軍序列
揮舞佩劍指揮部隊
武裝戰士接續行進

騎兵銜枚疾走前後護衛
快馬穿梭行軍陣列
民主國軍官默然注視
靜默行軍沉寂隊伍
走在漆黑林口台地上
護衛輜重緩緩南行
後撤的台灣民主國軍
往國境之南行進
重整兵力等待決戰時刻

孩子們背著火光沈重行軍
徒步離開首都台北城
往南開拔到下一個戰場
沒有捷運與絢爛煙火
沒有歡笑與明天

大地光榮的塵土

珍惜僅存有限彈藥
子彈打完就使用刺刀
或腰際的軍刀
等待與敵人近身戰鬥
如果猛烈砲擊後
我們依然活著

守著祖先血脈相連的山
守護美麗的梧桐花
即便我們將倒臥青翠山巒
在漫天砲火下
在茶炭蒙塵的土地
與敵軍周旋到底

握緊槍身壓低帽沿瞄準
聽從我的號令射擊
提起刀與槍
跟隨排長的腳步
挺身戰鬥
成為光榮的塵土

2015.5.17

乙未戰爭1895年8月8日，日本近衛師團獲得大本營增援，調集大量野砲，由日本能久親王親率日軍，進攻連結中台灣戰略孔道苗栗尖筆山。8月9日日軍發起攻擊，日本海軍常備艦隊自新竹海域砲擊尖筆山。在日軍猛烈砲轟下，防守的台灣民主國軍仍然奮戰不懈，堅守陣地不敵南撤。

八卦山會戰

大肚山砲火轟隆迴盪天際
日本近衛師團三路進擊
台灣民主國軍迎戰寸土不讓
擎天軍旗咆哮大肚溪

晨曦竟在太陽旗下升起
八卦山漫山遍野近衛師團
趁暗夜鋪天蓋地而來
陷身包圍民主國軍陣儼然

彈雨紛飛炮火呼嘯戰壕裏
緊握刺刀閃亮槍桿屏息以待
堅毅果敢面對決戰時刻
準備近身肉搏最後戰鬥

軍士官兵猛然躍起全線出擊
隨指揮官號令發起衝鋒
刀刃交纏血戰八卦山
撼動天地書寫軍人傳奇

2015.2.4

1895年8月27日清晨5：30日軍突襲八卦山陣地，台灣民主國軍陷身重圍，仍主動突圍出擊與日軍白刃激戰，步步週旋寸土不讓。日軍旋即砲擊並進攻彰化城。八卦山之役，乙未戰爭台灣民主國正規軍最後一場會戰，五千軍人壯烈犧牲，民主國客家義軍統領吳湯興、黑旗軍吳彭年等將領以及眾多營長（當時職銜為管帶）陣亡。日軍亦傷亡慘重。

鹿港小鎮的星空

叛國者胸前勳標耀眼灼目
以守軍虛實賣國求榮的歷史
隨太陽旗升起台北城
烙印台灣人的胸膛

鹿港小鎮盪漾壯麗餘暉
映照守備國土將士的臉龐
海風吹拂昂揚軍旗
熱血沸騰防衛砲陣地

日本近衛師團的火砲狂嘯
照亮大度山隕落流星
繁星下戰鬥的剛毅戰士
緊握刺刀寒光浴血奮戰

壯烈影像凝結動人詩篇
永難磨滅千古傳頌
那撼動大地燦爛的光輝
始終閃爍小鎮的星空

2015.3.26

台灣民主國乙未戰爭 1895 年 8 月鹿港陷落

眺望的背影

不願在沒有你的清晨甦醒
提起槍緊跟著你
揹著我們的愛
進行最後一場莊嚴儀式
遠離娑婆
走向光明世界

看著你眺望的背影
城牆下覆蓋遍野的敵軍
如夢幻泡影

2015.5.15

1895年10月11日日軍進攻嘉義城，激戰後日軍受挫。10月16日，民主國軍撤出嘉義城，日軍統帥北白川宮身受重傷，日後不治，日本官方為恐影響士氣，經常隱匿真實情況。日軍征台遭遇台灣民主國軍與義軍以劣勢武器裝備頑強抗戰，屢次進行計劃性無差別掃蕩，欲以此動搖台灣軍反抗意志，從未奏效。有一日本軍官石光真清中尉於戰後戰場聽見嬰兒啼哭聲，循聲發現三歲女嬰被揹負在年約二十四、五歲女性背上，這位母親穿著體面，一手仍緊握著槍，渾身泥灰覆蓋，俯臥中彈陣亡，顯示與夫並肩作戰直到最後一刻。

平靜無痕的眼眸

終於看見湛藍天空
久候天上的雲
平靜無痕
乘風飛翔的羽翼
飄零的楓葉

1895年乙未戰爭，台灣民主國軍裝備雜沓，砲兵使用各式骨董火炮，射程不及日軍砲兵。而日本近衛師團是擁有騎兵、通信兵、工兵編制的現代化軍隊，步炮協同作戰，甚至自近海以戰艦艦砲射擊壓制民主國軍陣地。面對每分鐘發射600發子彈的機關槍，台灣軍為保存戰力，且戰且走，仍不時逆襲，伺機與日軍周旋。日本近衛師團能久親王參謀官在其家書描述，台灣民主國軍面臨處死的軍人，其無畏平靜的眼神深邃無痕，和在旅順所見不同。

像朝露的生命

在最美麗的時刻
墜落溫暖懷抱
晶瑩剔透的臉龐
映照晨曦
如潔淨朝露滴落
芬芳大地

1895年乙未戰爭，民主國義軍在台北新竹鐵路沿線進行游擊戰，神出鬼沒，讓日軍疲於奔命。6月底平鎮之戰後，日本近衛師團在獲得大本營增援後，7月12日能久親王命第二旅團長山根少將三路進擊潛伏新竹以東至三峽台灣民主國義軍，各路挫敗。補給部隊在隆恩埔附近幾乎全軍覆沒，坊城俊章少佐之步兵大隊遭義軍將領蘇力所率三角湧義民營圍困三峽、大溪交界。日軍肆意報復無差別掃蕩，更激起同仇敵愾。義軍中常見女性執槍戰鬥的身影。

大度山的星空

龐然巨砲依然矗立大度山陣地
面對沙鹿外海盡職守望
光燦連綿星羅棋布的小鎮
如落入凡塵微弱星海

荷蘭軍鄭軍清軍日本近衛師團
外來強權行軍序列接連走過
炮轟平靜怡然美麗村落
無情粉碎燦爛生命

大肚王國英勇作戰保衛家園
覆滅這肥沃甜美的土地
台灣民主國軍無懼漫天砲火
浴血奮戰寸土不讓

壓低鋼盔緊握槍背帶默默行進
腳踏血淚交織歷史滄桑
成功軍步兵師學生連靜默行軍
沙沙聲響蜿蜒大度山

2015.3.6

被遺忘的軍隊

背負沈重裝備銜枚疾走
緊急增援前線被遺忘的軍隊
走在時空交錯的間隙裡

戰爭迷霧籠罩星月無光
森林肅穆鴉雀無聲
被遺忘的軍隊靜默行軍

抵抗強權的歷史殷鑑不遠
不投降的鐵血師團挺身戰鬥
無視敵軍凶猛砲火

繼續繞著玉山夜間行軍

全副武裝的軍隊隱約若現
踏著威武不屈的步伐

走過暗夜沙沙的風雨聲
走向晨曦微光的背影
走出二千三百萬人的希望

2015.2.3

堅毅背影萬代典範

不論閱讀出自不同史觀編撰的史料，或在博物館觀賞保存良好頌揚日軍軍威矮化台灣軍的浮世繪，眼簾盡是日軍登陸與佔領台灣民主國砲陣地後耀武揚威的影像，獨缺台灣民主國軍真實影像。日本隨軍記者與官方預設宣傳立場的報導，充滿政治色彩的選擇性陳述。譬如既然台灣民主國軍望風而逃，為何近衛師團戰史記載旋踵又擊退數度來犯敵軍。

而隨日軍採訪美國記者的報導，明顯可見對台灣民主國軍不友善的描述，並不公允。從日軍戰紀記載征台各戰役使用消耗之砲彈、步槍子彈與機關槍彈，再加上日本海軍常備艦隊艦砲射擊火力支援，足見交戰雙方作戰規模與戰鬥之慘烈，絕非依單方面寥寥數語草率陳述可窺真相。尖筆山連綿八公里軍旗飄揚繽紛雜沓，顯示台灣各軍集結。開戰後為數一百多個民主國軍碉堡，在日本戰艦與野炮海陸轟擊下俱毀。不久，台灣民主國

軍重新集結八卦山陣地，繽紛軍旗迎風飄揚，並佈防大肚溪阻敵渡河，日軍山根少將在大肚溪畔險被民主國軍砲火擊中。

台灣民主國軍的壯烈精神，並未隨唐景崧以降棄職潛逃高官而亡。在台日乙未戰爭多場戰役中，率領不對稱兵力與敵作戰的將軍，率領一營營兵力投入戰鬥的軍官，代表真正的台灣民主國軍。不論是前清國正規軍、原地方守備團練部隊或義軍統領旗下的秀才軍官與麾下戰士，都是以生命書寫台灣民主國歷史榮光、台灣史詩的英雄，他們成就了萬代典範。

2015.5.20

MASTER

燒匠

燒匠餐廳 2012

武士之道

寶覺寺靜默石碑

映照甲板的夕陽溫煦似錦
洶湧浪濤顛波沉寂戰艦
拖曳淚痕的魚雷疾馳海面
拋出海神雷霆劍戟

嗚笛響徹傾覆的海洋
防空火網交織變色彩霞
孤獨砲手伴著同袍的屍體
以金色彈鏈射擊天空

隨夕陽滑落冰冷甲板
墜落吞噬哀傷的海洋
回到魂思夢想埔里的天空
沈默不語悲愴的故鄉

以湛藍海洋書寫你的名
虔敬追思壯麗晚霞
海洋的氣息瀰漫陽明山
寶覺寺石碑靜默合十

2015.3.29

追思二戰戰歿的三叔公許華山先生，日本海軍，父親許献能視為良師益友的長輩，隨日本戰艦被擊沉，陣亡南洋，牌位供奉陽明山。紀念二戰陣亡台灣人日本兵的石碑豎立台中寶覺寺。

運兵艦前全副武裝的父親

宛如手上的薩克斯風
緊握槍桿壓低頭頂鋼盔
偷偷在腦際吟詠浪漫旋律
看著浪滔演奏爵士樂

十八歲的學生兵
把夢想與鄉愁裝入行軍背包
置身全副武裝陣列中
為榮譽與尊嚴而戰

八十歲的年邁武士
聆聽浪滔捲起微弱樂音
不認得身處那個年代

凝視同樣美麗的浪花
回顧童年嬉戲的紅樹林
淡水河畔白鷺鷥迎風飛舞
守護國土自由化身
凌空盤旋莊嚴使命

2014.8.8

佇立玉山之巔拔劍致敬

床上的燈光浮出一輪明月
自地平線緩緩升起
異域行軍的上尉眺望山丘
隨月光輕吟家鄉小調

朝炮火行軍寂寞的身影
伴隨搖曳鄉愁的火光
年少離鄉的戰士靜默不語

幸福在島國綻放
生命從此異鄉夢遊

鬆開現在飛回過去吧

看童年生命流觴
聽家鄉小調婉約旋律

飛翔吧！異鄉武士
飛回充滿鄉音繚繞的所在
你血淚交織的故鄉
我佇立玉山之巔拔劍
向戰士致敬

2015.11.21

輪迴

銀灰盔甲閃爍耀眼光芒
戰馬披掛弓矢　行囊鏗鏘碰撞
旌旗飄揚黃沙滾滾
緊握佩劍遙望蜿蜒行伍

無止境征戰疲憊的心
憩息平靜片刻
迴旋於不同死生戰陣
一次次生命輪迴

號角樂音響徹成功嶺
部隊集結著裝取槍
軍旗飄揚基地校閱場
緊握配槍指揮行進隊伍

天將神兵企業造型 2000

火炮照亮里港的夜空

信號彈升空點燃沈寂天幕
金色光芒乘傘降落
照亮鋼盔底下炯炯目光
勇氣搖曳火光中

河岸芒草隨風聲左顧右盼
水面泛起群星的漣漪
隆隆砲聲震醒耽溺行軍的連隊
標定方位的軍官看見

鯨面武士煙硝裏彎弓銜枚
箭矢如雨絲紛飛
引蒼茫月色遮蔽渡河戰士

消逝煙雨秋色迷霧中
演練衛國戰爭現代步兵營
指揮口令此起彼落
炮火墜落彼岸繁星點點
照亮里港的夜空

抓一把美麗文字伴著行軍

走在浸潤哀傷的泥濘裏
遠方飄來轟隆炮火聲
只是耳邊嚶嚶作響的蟲鳴
與沉靜呼吸對話
提醒自己依然活著

全付武裝的行伍靜默行軍
走進飄蕩迷茫的空氣裏
灰色朦朧微亮月光
從遠方捎來死亡的訊息
像一生甜蜜影像的告別式
以泥地沈重沙沙聲伴奏

我的肩章將埋在泥土裏

這一大片滿溢憂傷
希望與夢想的芬芳國土

對著搖晃星空微笑
抓一把美麗文字放入背包
準備紮營就寢時伴夢

輕觸望遠鏡地圖指南針
陪伴指揮任務的忠實伙伴們
當我仰望繁星辨識方位時
請允許我輕輕失神
隨溫柔眯眼的星星
譜一首浪漫詩歌
寄給遠方守候的她

《心靈符號——許世賢詩意設計展專輯》

迎向砲火直到看見光

緊繫鋼盔帶壓低頭盔
戰士們屏住呼吸
隱身迷濛夜色漆黑靜默裏
只露出凌厲目光
緊握上了刺刀的槍桿
任由冰冷空氣凍結恐懼
凝固戰士額前汗水

在這被世界遺忘的角落
時間是靜止的樂章
死亡是美麗動人的詩篇
髒污臉龐制服底下
藏著純淨的靈魂
一顆顆炙熱溫暖心靈

享受空靈寂靜美麗當下
在最貼近死亡的時刻

營長對空發射信號彈
率先爬出深邃戰壕
全軍戰士猛然躍起
提著刺刀冷冽光芒衝鋒
火砲震動腳踩泥地
機槍火網像紛飛珠鏈
為大地編織金色錦緞
弟兄們　跟著我迎向砲火
當你看見燦爛奪目的光
內心感覺一絲平靜
你已經陣亡　記得微笑

《心靈符號—許世賢詩意設計展專輯》

狙擊手

躲在自己的影子裏
呼吸間失去過去未來
望遠鏡拉近距離
將空間繃緊

漫天黑幕披覆靜默
砲火嚶嚶作響若有似無
思慮沉寂如詩
一絲懸念蕩然無存

額頭汗水停止滾動
扣引板機的指頭緩緩滑行
火光閃爍撞擊虛空
擊中自己轉身的靈魂

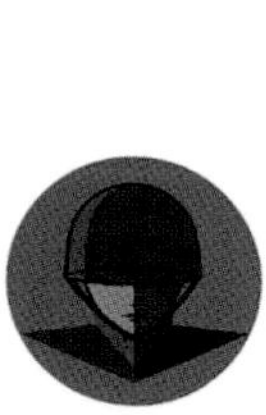

2013

武士之道

長劍雪亮寒光灼灼
鏗鏘閃鑠鋒芒畢露
隨丸完美曲線俐落出鞘
劃開戰陣煙硝渾沌

拄劍而立威風凜凜
目光凌厲震攝千軍萬馬
漫天旌旗逆風嘶吼

身披沈重如石光明甲冑
逆使刀鋒寸土不讓
神出鬼沒周旋敵陣
將生死拋向雲端

舞動優雅身形從容赴戰
一息尚存
演繹完美武士之道

他們正以生命書寫台灣史詩

我曾擔任步兵排長，在那白色的年代，內在靈魂包裹在蒙塵歷史榮光裏。心靈覺醒的靈魂是澄澈見底的光，透視時空詭譎的變形，荒謬教條的背誦，看盡心靈侏儒投射虛空的幻影。但面對肅穆行伍全副武裝的弟兄，軍旗與肩章是凝聚時空當下神聖的符號。獻身使命的榮譽，隱身軍隊基層軍官的靈魂，扛起的是對集體行動弟兄的責任。共通的軍人魂，以最接近死亡形式修煉的武士之道。

不論那個族群，這方國土在父祖講述的故事中，重複提起他們的父祖的父祖的光榮眼神，深深烙印專注聆聽孩子的心坎裏。回顧這麼多為尊嚴奮戰到底的身影，流傳這方國土的史詩，希冀和平開創新家園的卑微願望，總在砲火下幻滅。但那刺刀般銳利的眼神澄澈如詩，永遠留在眼前弟兄眼眸裏，顯現決戰時

刻一起挺身戰鬥的共同決心。

我們應詩寫戰士光榮史詩，讓苦悶的靈魂獲得救贖，讓獻身公戰的使命感重回所有承擔使命的人身上。讓隱藏軍官、戰士、飛官、警察、消防救難隊員靈魂深處的內在詩篇，迴盪這方國土，他們正以生命書寫台灣史詩！

2015.2.18

STANCH

昱龍不銹鋼 1990

光明國度

化作編織夢想的彩虹

溫暖陽光照拂美麗島嶼
你魂牽夢縈的家園
那彩蝶飛舞翠綠的原野
白鷺鷥嬉戲飛翔的淡水河
紅樹林搖曳娑婆多姿
春風吹拂
河面波光粼粼

月光照亮戀人深情的眼眸
脈脈含情牽手走過青翠河畔
溫柔守護的觀音山
曾經滄桑的歲月不再無情
悲愴往事已不需藏匿

幽暗天空逐漸清朗無雲

安息吧！
在默默守護你的溫暖家園
在依然朦朧的月色
在始終溫柔吹拂的春風中
安息在自己的莊嚴國土
化作自在飛舞美麗彩蝶
化作編織夢想的彩虹
守護光明希望的星辰

2015.2.28

革命家的容顏—革命進行式

手拄枴杖踏出遲滯步幅
雄鷹般銳利眼神灼灼逼人
踩踏大地巨大身影行進
英雄交響曲悠然迴響

出生入死不信死後重生
活在當下的革命家
書寫台灣四百年史心靈巨人
沈重步幅烙印這方國土

孤傲背影佇立民主戰車上
穿梭城市大街小巷
繼續進行從未成功的革命
挺身對抗黑暗強權

一生獻身信念漂泊的靈魂
點燃普羅米修斯的火把
以炙熱情感繼續傳遞夢想
無視物換星移時光流逝

昂起歲月鏤刻堅毅臉龐
依然踏著搖晃步伐勇敢邁進
高聲讚頌台灣人的驕傲
直到仆倒芬芳國土

2015.2.28

2月28日7時30分在真善美戲院觀賞陳麗貴導演作品，革命家的容顏—史明的記錄片《革命進行式》。戲院聚集「人民作主」團體、大學生等熱血老中青三代共同觀影，映畢有人熱淚盈眶、學生熱情澎湃！史明老師高齡九十六歲，行動遲緩不便，依然寫作演講不輟。

傳遞自由民主的花朵

孩子，我不只要告訴你
祖父講述過的故事
也要和你一起用心感受
祖父曾經的感受

許多學者藝術家參議員
受人景仰的人格者
被邪惡勢力終結璀璨生命
摧毀了尊嚴與夢想

唯有記住那刻骨銘心的痛
用真相洗滌無盡悲愴
我們才能避免傷痛重演
傳遞自由民主的花朵

邪惡心靈始終伺機而動
試圖扭曲價值尊嚴
在教科書裏掩蓋歷史真相
讓你遺忘祖父的感受

生命的意義在創造價值
不是無止境的征服
尊重所有生命自由伸展
回到充滿愛的國度

孩子，活在自由呼吸的土地
繼續講述祖父的故事
讓捍衛民主的花朵漫天飛舞
為國土披上光明甲胄

讓希望之花遍撒天地

我願高舉雙手擁抱星星
讓燦爛光明榮耀我心

我願引亢高歌吟唱義行
以溫暖歌聲撫慰人心

我願攀爬高牆敲擊洪鐘
讓冷漠靈魂懵然覺醒

我願鼓動雙翼穿越時空
讓希望之花遍撒天地

我願舞動青春獻身邦國
讓正義旗幟迎風飄曳

2014.3.20 為高舉正義旗幟的孩子們書寫生命之歌

1982

他們要唱出島嶼的天光

一八九五年火光搖曳的夜空
台灣民主國軍全副武裝的孩子們
背負比裝備更沈重的心情
為持續衛國戰爭撤出台北城

在談判桌被出賣的子弟兵
有尊嚴地默默走在軍隊行列中
往黑旗軍所在國境之南行軍

時空交錯的二〇一四年
國境之南的孩子們
四面八方迅速疾馳台北城

行經煙硝迷茫嘉義城
依稀望見城牆上義軍壯盛軍容

白刃血戰悲壯身影

轟隆列車駛過悲愴八卦山
又見台灣民主國軍旗繽紛飄揚
猛烈砲火下堅守陣地

一群手無寸鐵現代黑旗軍
拈著象徵希望熱情的太陽花
面帶微笑蜂擁進入台北城

用力揮舞緊握手心微弱光芒
心手相連捍衛國家主權與尊嚴
堅決唱出島嶼的天光

2014.4.11

傘花朵朵綻放彩虹

揚起自由羽翼天空著色
橙紅鵝黃靛綠寶藍
光燦星空下隨風飄逸

稚嫩臉龐洋溢花香
捍衛純淨天空的小天使
勇敢吹拂黑色迷霧

以愛的顏料盤旋天際
為地上黑傘塗抹希望色彩
傘花朵朵放彩虹

2014.9.30

2013

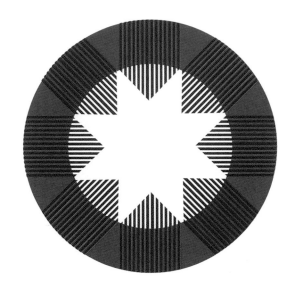

金色彩虹

清澈眼眸照見金色微光
以希望取暖的天使
交疊雪白羽翼

不願遺忘遠行的寒冬
那冷冽冰霜織錦的
白色天空

不願銷融那潔淨心靈
倒臥芬芳國土
以生命書寫的悲愴
不願作失憶折翅的鸚鵡

喃喃複誦偉大
以符咒編織的經文

為自己十七歲的天空
描繪金色彩虹
綻放自由的雲朵

守住價值守護光明

高呼理想營造人民希望願景
出賣公義兌換榮華富貴
爭名位派系林立自相踐踏
背棄價值沉淪墮落

誰是現代易容潛逃唐景崧
按兵不動棄職離台邱逢甲
不戰不降臨戰遁逃大將劉永福
一念之間污名永世流傳

莫忘基隆失守台北陷落
飽讀詩書文武權貴聞風棄國
民主國義軍將士孤軍奮戰
捨身取義書寫歷史榮光

守護光明國土永恆價值
堅持人民作主建國初衷
腳踏先烈鮮血灌溉的土地
甘做綻放希望無名種苗

2015.2.7

ARKISM

太日東龍建設 2012

光明行者

城市上空永恆典範

失去動力的翅膀搖晃
抓緊無比沈重的方向盤
千鈞一髮掌握失控方向
墜落意識危機的當下

環目四顧生命林立的大樓
靜止時空寂寞的靈魂
獨自搶救生命艱苦掙扎
絕望中找尋一絲希望

放下恐懼衡量得失
將閃爍腦際方案果斷執行
墜落青翠河畔柔軟土地
完成任務鬆手離去

城市警笛八方響起

橡皮艇乘救難車出城
急速穿越擁擠城市迴廊
莊嚴使命迴盪交響

國軍工兵搭起救援浮橋
潛水勇士浸泡冷冽河床
尋找溫暖希望
不願放棄生命奇蹟

四面而來鐵血英雄
承接搶救生命神聖任務
世界肅然起敬
烙印城市上空永恆典範

2015.2.5

與死神角力的格鬥士

放手一搏吧！弟兄們
扛著薛西佛斯留下的巨石
擎起沖天水注
對天立誓搶救生命
我們是與死神角力的格鬥士

來吧！撲天蓋地的火神
盯著你忿怒眼神毫不退縮
我的心裏有無盡的愛

看啊！搶救生命的巨人
不遠處始終有燦爛奪目的光
在心靈深處閃爍著

2014.8.17

2014

進擊火神的勇士

隨鳴笛呼嘯疾馳前進
守護生命進擊火神的勇士
拋開甜蜜家庭溫柔盼望
昂首挺進傲然無懼

千斤重擔一肩扛起
獻身救援守護神聖使命
進擊火神的勇士
朝猙獰火神怒吼咆哮

防護衣閃爍慈悲光環
照拂受困危難無助生命
進擊火神的勇士
巨大身影背負溫暖希望

前進吧！駕御紅色巨龍向前奔馳
燃燒千古傳承使命榮光
進擊火神的勇士
樹立永垂不朽傳奇典範

2015.1.21

絕不鬆開握住你的手

烈日灼身國境之南
步兵工兵化學兵
消防警察救難隊員
草綠迷彩白紅防護衣
瓦礫參差地表搜尋希望

回溯那令人神傷的夜晚
可敬勇士被瞬間爆裂火舌吞沒身影
疾馳增援消防車隊狂暴翻覆
煙硝迷霧中生命紛紛殞落

在汗水淚水交織的長夜
受傷卻始終溫暖的心糾結一起

以疲憊的手
緊握陷身坑底的夥伴
肩膀早已痠痛不堪

挺住啊兄弟
我們絕不鬆開握住你的手

2014.7.30

鐵面無私六壯士

剎那間緊握配槍鳴笛奔馳
奮勇直前捍衛市民生命
筆挺制服裏住著雄獅之心
巡弋城市的守護者

爭先恐後進擊傾頹高牆
黑暗陰影阻卻不了神聖使命
正面迎戰無懼安危
敏捷身手迅速完成部署

無視強大火力囂張恫嚇
自動步槍豔紅火光迎面飛馳
緊握手槍扣引板機

果敢射擊震攝越獄強徒
剛毅沈著鐵面無私六壯士
斥退滿載懦弱謊言虛偽座車
打擊邪惡捍衛城市尊嚴
化身正義典範光榮的象徵

2015.2.15

向高雄事件林園分駐所第一時間馳援的六位警察致敬

無名行者的詩篇

面戴憂國憂民金色眼罩
穿著燕尾服的禿鷹
環伺朱門追逐美食佳餚
隱身富麗堂皇的鳥籠

華麗殿堂簇擁豪門權貴
爭相兌換天堂入場券
鍍金僧侶隨伺在側
宣說頂禮膜拜無量功德

白色炊煙飄盪城市上空
小市民的心願飄浮雲端
純淨心靈歡欣鼓舞

啄木鳥小蜜蜂嗡嗡飛舞
捍衛國土將士威武不屈
進擊火神的勇士義薄雲天
穿梭城市走廊無名行者
靜默書寫生命傳奇

銀翼守護者

駕馭銀色羽翼翺翔升空
飛行浸潤歷史榮光的詩篇裏
隨南風地表起伏優雅迴旋

飛行平靜無痕的星空
巡航晨曦金光閃耀玉山之巔
穿越暮色蒼茫濁水溪

肩上花朵靜默陪伴
守護神聖領空勇士之歌迴響
歌頌捍衛國土光榮史詩

金色晨曦不再升起
神鷹以燦爛繁星虔敬領航
飛向慈愛永恆的星空

2014.10.21

2002

飛行頭盔下靜默行者

在冷冽寒風中飛行
捍衛領空靜默行者
聆聽大地迴響壯盛軍樂
以蒼鷹凌厲目光巡航

翻滾鐵甲羽翼飛躍雲端
在天際畫出優美弧線
以熱情火苗彩繪國土天空
為大地點燃愛與希望

劃破長空飛向光明國度
迎晨曦呼嘯湛藍星空
環目四顧空無寂靜
隨地表起伏優雅滑行

仰望繁星穿梭無垠時空
與大地合一孤獨行者
腦海映演璀璨生命美麗片段
剎那永恆交織無悔人生

繼續在天空暈染夢想
散播浸潤希望七彩雲朵
守護無邊溫柔盼望
星空行者靜默航行

2014.11.5

向莊倍源中校暨捍衛領空飛行者致敬

覆上永恆金色光芒

醉人天籟虛空悠然迴響
伴著濃郁思念的茉莉花香
瀰漫永不止息的眷戀

隨優雅和弦裊裊升起
天使舞動溫馨柔軟的翅膀
撫慰凝滯心弦累累哀傷

寂寞靈魂披上雪白絲綢
淚珠閃爍晶瑩星光
揚起輕盈羽翼自由翱翔

煩憂墜落如雪花片片
飄逸滌淨心靈潔白芬芳
覆上永恆金色光芒

ESREA

上鼎生活科技 2009

美麗彩虹

溫馨的守護天使

戰神卸下閃亮盔甲
隱藏白色羽翼隨風舒展
莊嚴使命捍衛者
有一顆溫暖慈悲的心

雪白羽翼迎風飛舞美麗天使
守護執戈武士璀璨星空
在戰火紛飛的季節裏
溫馨撫慰孤單靜默的心

摺疊深藏懷抱溫暖家書
化作白色紙鳶攜走永恆思念
飛向遙遠故鄉
溫柔肩膀甜蜜守候

2013

河心圈起美麗蜿蜒

心手相連溫暖鏈結緩步前進
在冰冷河水裏溫柔探索
禮敬生命尊嚴的行者
河心默默圈起美麗蜿蜒

直升機盤旋憂傷淡水河
輕聲低鳴呼喚先行者
白鷺絲無聲穿梭紅樹林
觀音山腰慈悲相伴

手拉手走過沉寂冷冽河床
溫柔召喚漂泊旅人的心
光明通道遍照淡水河

靜默莊嚴洗滌生命滄桑
蒼茫月色搖曳波光鱗鱗
繁星點點閃爍無邊希望
天使歌聲自天際悠揚迴響
婉約旋律溫馨撫觸

2015.2.7

祈願像雨絲般落下

烈焰吞噬寂靜無痕的城市
甜蜜睡夢中的平靜心靈
被帶著嫉意流竄的火苗驚醒
淳樸善良的靈魂哭泣著

全身披掛沈湎憂傷的勇士
靜默跟隨淒涼鳴笛馳赴火場
在拯救生命的莊嚴制服底下
一顆顆灼熱的心跳動著

緊抱一臉驚惶的孩子奔跑
剎那被火吞噬隱沒
堅持傳遞生命尊嚴的勇士

依然緊緊抱住孩子

被慈悲燦爛溫煦的光環繞
不再疼痛了！孩子
平靜安息愛的懷抱

這方國土慈悲祈願如雨絲落下

2014.7.30

自由飛翔吧！孩子

淚水暈染黯淡迷濛的夜晚
無盡的哀傷涓滴成河
在心坎裏汩汩流動
地球的這端與那端
憂傷的砲火與烏雲密佈
熄滅月亮般澄澈眼眸

美麗的孩子安心地睡吧
抱著始終友善的皮卡丘安息
再也不必驚惶恐懼
飄浮雲端自由飛翔吧
燦爛奪目的光緊緊擁抱
每一個受苦心靈
在心靈深處閃爍著

STUDIO

古銅色著房 2012

揮手畫一道彩虹

揮手向天際畫一道彩虹
讓你踏著七彩虹光輕盈漫舞
白文鳥護持身旁愉悅飛翔
漫天星雲朵朵耀眼琥珀
斑斕鵝黃映入眼簾
晶瑩剔透悅耳天籟縈繞耳際
純淨潔白飄逸如絲的虛空
滿溢金色溫暖的光
披拂所有膚色信仰的靈魂

安心吧！孩子
褪去人世的恐懼與憂傷
只留下溫馨的甜蜜記憶
自無邊夢境中甦醒

2003

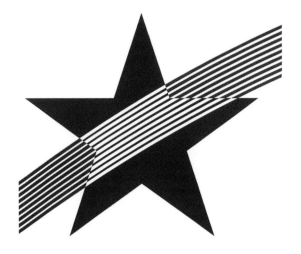

MAYAROYAL

MAYAROYAL

瑪雅皇家 2006

莊嚴國土

光明國土

曙光在玉山之巔甦醒
歷史滄桑隨雪花飄浮雲端
覆蓋美麗之島
動人詩篇蔓延青翠山巒
滿溢希望芬芳國土

不畏風霜昂首挺立梅花鹿
漫步山林靜默守護
聆聽夜鶯吟唱百步蛇傳奇
美麗圖騰光明神話
鼓舞自由飛翔的靈魂

孤傲雄鷹盤旋飛舞阿里山
冷冽寒風吹醒迷夢
巨龍陰影遮蔽潔淨星空
潘朵拉的盒子
迷眩人心污染光明國土

覺醒的光明行者遍佈城鄉
身披甲冑揮舞長劍

戰勝吞噬歷史真相惡龍
淨化貪婪污染的大地
光明史詩永世傳唱

2015.2.18

飛向詩意的國境

循前行者留在風中的傳奇
鼓動雙翼持續向前飛行
遙望閃爍夢想微光地平線
朝向繁星溫潤的晨曦
交替領航並肩飛翔

飛越凄風苦雨籠罩的歲月
飛過狂風搖撼的黑水
青翠杉林綠蔭環山的夜空
繁星呵護的湛藍海洋
飛回希望淨土美麗之島
強風拍打不停舞動的翅膀

鼓舞逆風飛行的逐夢者
井然有序接替領航
穿越價值顛倒密佈的烏雲
回到充滿詩意的國境

2015.3.14

唱出阿里山金色晨曦

真實情感吐露花漾芬芳
在孕育神話莊嚴國土上飄蕩
以美麗語言述說傳奇

八色鳥吟唱侯鳥之歌
海豚優雅和聲傳頌海洋傳說
悠遠音調朗讀詩篇

歡唱吧！用與生俱來美妙歌聲
從星月無光黯淡夜空
唱出阿里山金色晨曦

以曼妙曲調真摯情感
唱頌福爾摩沙自由天空
冷冽冰雪融入大地

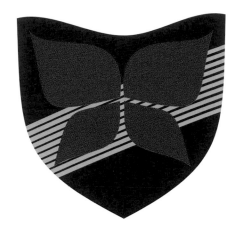

AMAR

AMAR 2002

神盾高舉

寒風吹拂沸騰的臉頰
守護玉山的神鷹展翅翱翔
迎向破曉晨曦
冰雪洗淨長夜滄桑

翻騰雲海遍撒金色毫光
瑞氣祥雲振奮人心
昂首振翅航向光明未來
傳承歷史榮光

雁群靜默飛行阿里山巔
無懼強風蠻橫逆襲
團結一心舞動希望羽翼
飛向夢想的地平線

台灣雲豹奔馳蒼茫國土
皎潔月色滿佈林間
覺醒的號角響起
遍地旌旗迎風飄揚

天將寶塔閃爍耀眼白光
神盾高舉正義凜然
號令千軍萬馬奔騰大地
光明行者佇立雲端

2015.2.21

守護玉山的神鷹

守護這方國土的神鷹
身披銀色甲冑
背覆神盾與長劍
伸展鐵甲羽翼
駕御入冬第一道寒風飛行
隨美麗山巒地表起伏
巡航太平洋東海之濱

時而攀升而上
如揮舞長劍刺向天際
盤旋玉山之巔

時而俯衝直下
如逆使刀鋒

劃破稀薄如紙冷冽空氣
將時間凍結在
雲層之間

銳利如劍犀利眼神
如射穿雲海金色曙光
始終維持心靈高度
觀照地表滄桑歷史更迭
了然於心不為所動

2014.2.4 台灣燈會南投縣政府德倫企業鐵甲武士燈詩碑
《心靈符號—許世賢詩意設計展專輯》

自由飛翔的天空

即便狂暴風雨喧囂阻撓
在心底保有自由飛翔的天空
飛向一個友善的國度
一個沒有謊言羅織的天空
那裏有充滿慈愛的雲
純潔如詩的天使
不需語言瞬間傳遞溫馨暖意
在心田種下希望火苗

DELAN

德綸興業 2002

天馬行空之飛馬傳奇

在黑暗吞噬光明的時代
以尖銳獨角頂撞重重黑幕
以雷電閃光劈開混沌
天馬行空雷霆萬鈞

伴隨閃電雷鳴的馬蹄聲
自混沌初開響徹雲霄
瞬間奔騰宇宙天網之間
為受困黑暗壟罩無助生命
帶來光明與希望

善良潔淨內在光芒四射
伸展白色羽翼輕躍飛揚
光明如影隨形遍照芎蒼
呼風喚雨戰勝惡龍

不屈從黑暗強權
捍衛自由光明正義的象徵
在武士盔甲盾牌上閃耀
化身正義符號飄揚戰陣旌旗
威風凜凜號令千軍萬馬

以堅毅鬥志戰勝黑暗
以溫暖羽翼撫慰受創心靈
遊吟詩人詠嘆光明史詩
千古以來代代傳唱

飛馬 Pegasus 是希臘神話中頭長獨角身帶翅膀的白馬，英雄 Bellerophon 騎乘戰勝邪惡勢力，象徵光明戰勝黑暗。

2014.2.4 台灣燈會南投縣政府德倫企業鐵甲武士燈詩碑

《心靈符號—許世賢詩意設計展專輯》

重塑心靈之美光榮史詩

這方國土福爾摩沙美麗海洋環繞，孕育滋長莊麗山巒生命之歌。踏著先民可歌可泣的足跡，數百年來承繼光榮故事。政權更迭的文明衝擊與文化融合，成就今日台灣面貌。以宏觀視野前瞻未來，更需回顧歷史滄桑滋養這方國土的子民。以莊嚴詩歌詠嘆先民光榮史蹟，讓後世吟詠傳頌，激勵後繼者書寫新一代光榮史詩。我以虔敬心情，回顧先民壯麗情懷，譜寫他們挺身捍衛這方國土的勇氣與決心，讓後代子民了解這方國土歷史事蹟。更加體會先民可歌可泣悲壯胸懷，實難僅以編年歷史記述足以表彰一二。本詩集並佐以插圖與我設計之識別符號，讓圖騰與詩詞呼應，收視覺想像與詩意之營造，重塑心靈之美。

VAG

EXPERT

參考書目

1 J.W.Davidson 原著，陳政三譯註，《福爾摩沙的過去與現在》，台南市，國立臺灣歷史博物館；台北，南天書局有限公司，二〇一四年九月。

2 許佩賢譯，《攻台戰紀》，台北，遠流出版公司，一九九五年十二月。

3 許佩賢譯，《攻台見聞》，台北，遠流出版公司，一九九五年十二月。

4 鄭天凱著，《攻台圖錄》，台北，遠流出版公司，一九九五年十二月。

5 黃昭堂著，《台灣民主國之研究：台灣獨立運動史之一斷章》，台北市，前衛出版公司，二〇〇五年。

6 陸傳傑著，《隱藏地圖中的日治台灣真相——太陽帝國的最後一塊拼圖》，新北市，遠足文化事業股份有限公司，二〇一五年。

7 陸奧宗光著，陳鵬仁譯，《甲午戰爭外交秘錄》，台北，海峽出版社，二〇〇五年五月。

8 李仙得原著，費德廉 (Douglas L. Fix)、蘇約翰 (John Shufelt) 主編，羅效德、費德廉譯《台灣紀行》，(譯自 Charles W. Le Gendre notes of travel in Formosa) 台南，國立臺灣歷史博物館，二〇一三年九月。

天將神兵創意廣告

識別設計

企業識別設計—心靈視野的昇華

企業識別系統設計的重心是標誌設計，再藉完美標誌符號，延伸發展完善視覺系統。標誌符號設計彰顯企業機構核心價值，從而置入廣告行銷活動中，傳播價值理念。除了形象戰略商業考量，更是一次心靈符號的創作。

取之不竭的大自然象徵俯視皆是，但經不同設計之眼，呈現不同樣貌與美感，截然不同。沈潛設計者心中視野影響設計思想與格局。如何在美學技巧鍛鍊之外，不斷吸取心靈養分，提升內在修為與藝術涵養，才是精進設計之道。

識別設計師是心靈視覺藝術家，而且是創造強大心靈傳播力與影響力的哲學家。應廣泛閱讀汲取各領域豐富蘊藏，培養精緻思惟辯證能力，貼近社會脈動，期許自己成為洞悉時代發展的思想家。

現代設計教育應植基優異設計家的長期培育，而非附庸時尚潮流，形式化淺碟式文創發展。如何孕育深植土地人民的心靈符號，融合世界多元文化激盪，展現內　豐富的多元視界，提升全人類心靈昇華，是現代設計家亟須思考的命題與共同努力的使命。

德綸興業

以守護玉山的神鷹造型標誌台灣精神，引進企業識別系統。將藝術融入工業領域，提升企業形象，精緻企業文化。由傳統機械版金進軍國際精密儀器，成功轉型，德綸是產業升級典範。

VAG 頂級汽車保養廠

以神秘高貴的獨角獸為徽記象徵追求卓越經營理念，神盾護持表彰剛毅勇猛品牌形象。福斯汽車經銷商永昇汽車楊副總引進企業識別系統，形塑國際品牌，成功邁向頂級車保養新境界。

永固石材

以飽滿優雅曲線描繪石材內在紋理，宛如宇宙初開霹靂放射的金光，包容於溫暖鵝黃四方體。金黃設色交融，若隱若現，蘊藏豐厚。華麗貴氣符號，完美詮釋大自然繽紛多彩的世界。

富川精密工業

以富麗山川青翠意象，導入自然和諧品牌印象。山川反白意象豐富，翠綠包覆讚頌大地。自錩新科技旗下事業部獨立的富川精密工業，在頂級休旅配件供應產業，樹立環保價值新典範。

燒匠餐飲

浴火重生的火鳥象徵不斷焠鍊昇華大師風範，燒匠英文品牌MASTER以內在熱忱點燃生命奇蹟，創造品味價值。位於台北西門町昆明停車場旁旗艦店，燒匠餐飲成為精緻美食新地標。

這方國土

以靜默沉穩內斂其執型塑東方將軍武士形象，有別於現存西方鐵甲武士與羅馬武士形象設計。這方國土品牌以武士形象表彰生命價值，蘊涵禪意系列文創商品，傳播深植人心價值理念。

天將寶寶

昂首佇立神氣威猛小天將，身披黃金戰甲，腰繫如月彎刀，左手持盾，全副武裝，標誌護持正法，守護生命，捍衛光明正義的象徵。巡迴娑婆世界散播光明，鼓舞受創心靈的守護者。

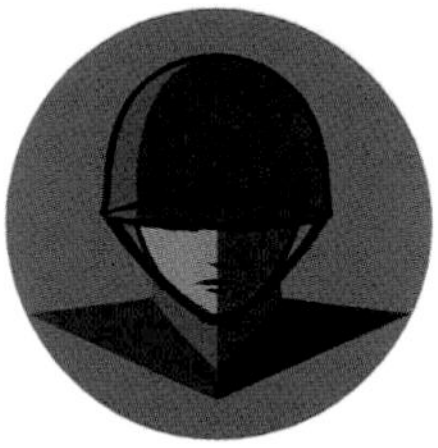

莊嚴戰士

守護國土莊嚴戰士形象，表徵所有關鍵時刻堅守崗位，默默執戈捍衛國土的勇士們。暗灰色調單一色系，以明暗深淺建構戰陣情境，沉靜無痕堅毅表情，標誌專注任務無我心境。

勝宏達科技

以幾何直角金屬銳角，彷彿武士頭盔徽記。刻劃如石堅韌，光輝璀璨的武士之心。象徵以正直心靈護持正義，守護宇宙真理強力印記。勝宏達科技精進研發，成為產業升級堅實後盾。

皇后之眼

如馨香花瓣伸展美麗眼眉，勾勒眉宇神秘氣息，與置中花梗形成優雅如詩臉龐。閉目沉思的雙眼，曲線優雅柔和，深邃眼眸展現母儀天下大智慧，溫馨慈悲宛如觀音之眼。

古銅色著房

金色火焰永恆價值，如追逐夢想展翅青鳥，張力飽滿完美曲線虛空擺動，充滿能量的心靈符號。古銅色著房以優雅環境設備，以現代科技人工太陽，溫馨的光芒為身體輕敷健康色彩。

普拉瑪汽車用品

以厚實黑色武士盾牌展現品牌精緻特質，標示宛如古代鐵甲武士形象。金色蝴蝶象徵夢想，斜線構成彩紅暗紋，讓圖地呈現黃金比率完美構圖。黑色盾牌曲線柔和蜿蜒，勾勒精緻質感。

上鼎生活科技

彷彿宇宙發出的第一個霹靂聲響，石破天驚，渾厚低鳴，繼而清脆悅耳，餘波盪漾。上鼎生活科技，標誌人類生活科技歷史進程，為住宅導入先進人工智慧，讓先進科技融入居家生活。

瑪雅皇家

以鷹翅與森林為象徵，重塑馬雅皇家圖騰徽記，重新賦予符合新時代時尚造型。瑪雅皇家烙印頂級皇家品牌形象，在健康食品領域樹立頂尖品牌形象，展現王者天下，無所披敵氣勢。

昱龍不鏽鋼

以宇宙運行因果相生，環環相扣哲學意涵勾勒永恆不變的宇宙法則。精緻青綠設色，外環象徵重工業渾厚藏青，近似色彩交織表彰乾坤無盡藏。昱龍不鏽鋼以精緻雕花傳播生活美學。

生命之星

只要一息尚存，永遠仰望天邊彩虹與夢想，擁抱始終在每個人心中溫柔守候的星星。亮麗圖騰，象徵夢想希望的彩虹設計標誌，溫潤人心，充滿愉悅能量，永遠給人希望的光明象徵。

太日東龍建設

以手工折疊而成建築造形，隱喻宛如手工打造建築藝術品。橄綠陰面金色陽面表徵綠色環保與以人為本價值取向。標誌形似冠宇的莊嚴造型，更是堅持榮譽品牌理念精神象徵。

守護天使

以軍人與背後眷屬並肩的造型，表達真情相倚，互相扶持，守護天使的概念。綠色心形光環象徵平靜和諧，表徵即便身處紛亂娑婆世界，仍可在心靈深處保有人性光輝，守護天使始終伴隨。

銀翼守護者

以昂首天際的雄鷹守護光明國土光明價值。圓形盾牌代表無垠空間，象徵在群星環繞光明國境追逐夢想。銀翼守護者擎天出擊捍衛國家領空，禦敵千里之外。守護生命，忠於永恆價值的追求。

消防警察格鬥士

消防警察隨時待命搶救受困生命，宛如與死神角力的格鬥士。出生入死，不畏艱險的形象深植人心。在厚重防護裝備底下擁有一顆誠摯善良的心。不論社會繁華進步，始終堅守崗位守護生命。

藝術月曆

德綸公司董事長蔣江彬先生自二〇〇三年起委託設計藝術月曆，兩年發行一次。邀請國內知名書法家、書畫藝術家作品編撰設計。邀請藝術家計有李轂摩、林隆達、柯耀東、張克齊、黃才松、林清境、戴武光、謝坤山、程雪亞、蔡俊章、柳炎辰、陳士侯等書畫藝術家。

2005 · Nov 11
中華民國九十四年 歲次乙酉

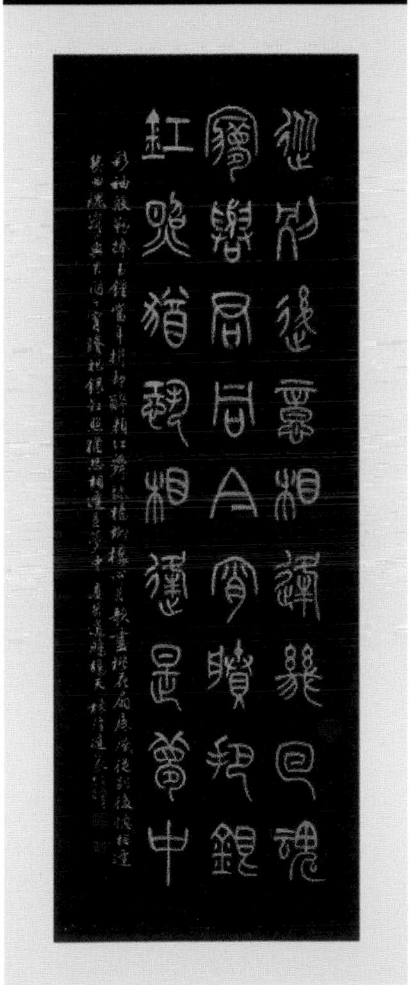

醉顏

從別後，憶相逢，
幾回魂夢與君同，
今宵賸把銀釭照，
猶恐相逢是夢中，
節晏幾道詞鷓鴣天句

林 隆 達

字子高 號泥舟
西元一九五四年生
中國醫藥學院藥學碩士
現任國立台灣藝術大學副教授
文化總會研究委員
作品曾獲全國美展首獎
全省美展 高雄市美展永久免審查
南瀛獎 中山文藝獎 中興文藝獎
並應聘南瀛獎 全省美展
全國美展等各項評審

MON	TUE	WED	THU	FRI	SAT	SUN
	1 三十	2 十月初一	3 初二	4 初三	5 初四	6 初五
7 立冬	8 初七	9 初八	10 初九	11 初十	12 十一	13 十二
14 十三	15 十四	16 十五	17 十六	18 十七	19 十八	20 十九
21 二十	22 小雪	23 廿二	24 廿三	25 廿四	26 廿五	27 廿六
28 廿七	29 廿八	30 廿九				

2009【中華民國九十八年・歲次己丑】

三十年華

DELAN 德綸興業股份有限公司 DELAN ENGINEERING CO., LTD.
http://www.delan.com.tw
南投縣名間鄉新光村大厝巷17-6號 TEL: 049-2735826 Rep. FAX: 049-2735828 E-mail:delan.com@msa.hinet.net

天馬神兵創意廣告設計製作 http://www.vitomagic.com

蔡 俊 章

西元一九五〇年生 雲林縣虎尾人
交通大學碩士 中央警察大學38期
曾任澎湖縣 南投縣警察局長
台北市政府警察局督察長 台南縣警察局長
現任內政部警政署主任秘書 現任高雄市警察局長
國畫啟蒙於一九六五年台中二中費照老師 師習李轂摩大師
榮獲六十週年全省美術獲佳作獎 以「墨蝦」名
多次參加聯展 作品廣為名家收藏
2001年北京"愛我中華"中國畫油畫大展邀展
海峽兩岸中國書畫名家紀念辛亥革命90週年書畫精品大展
2002年亞細亞水墨交流展 應邀展出
南投縣美術學會 林藝藝術協會會員

2009 · Sep 9

中華民國九十八年 歲次己丑

MON	TUE	WED	THU	FRI	SAT	SUN
	1 十三	2 十四	3 十五	4 十六	5 十七	6 十八
7 白露	8 二十	9 廿一	10 廿二	11 廿三	12 廿四	13 廿五
14 廿六	15 廿七	16 廿八	17 廿九	18 三十	19 八月初一	20 初二
21 初三	22 初四	23 秋分	24 初六	25 初七	26 初八	27 初九
28 初十	29 十一	30 十二				

黃 才 松

西元一九五一年生於台南縣西港鄉
國立台灣藝專美術科國畫組畢業
美國聖路易芳邦學院藝術碩士
國立台灣藝術大學、國立台北科技大學兼任助理教授
榮獲教育部文藝創作獎第一名、全省美展永久免審查作家
獲頒中山文藝創作獎、國家文藝獎
歷任全國美展、中山文藝創作獎、南瀛美展、全省美展
省立美術館展品及多處文化中心美展等評審委員、
國立台灣美術館、國父紀念館、高雄市立美術館等單位
作品典藏、審查與籌備委員

2009 • Oct 10

中華民國九十八年 歲次己丑

MON	TUE	WED	THU	FRI	SAT	SUN
			1 十三	2 十四	3 中秋	4 十六
5 十七	6 十八	7 十九	8 寒露	9 廿一	10 中華民國國慶日	11 廿三
12 廿四	13 廿五	14 廿六	15 廿七	16 廿八	17 廿九	18 九月初一
19 初二	20 初三	21 初四	22 初五	23 霜降	24 初七	25 初八
26 初九	27 初十	28 十一	29 十二	30 十三	31 十四	

李毅摩

西元一九四一年生於南投縣的草鞋墩鄉下農家。
從事書畫工作四十餘年，崇尚自然，淡泊生活。
西元一九九七年遷居田野間，與鳥蟲為伍。
另闢書畫室曰：「一介山房」，默默耕耘硯田。
歷任全省美展、全省公教美展、台北市、高雄市美展、
南瀛美展、大墩美展、玉山美術獎、
高雄市立美術館展品典藏等評審委員。
台灣省美術基金會常務董事。
南投縣美術學會創會理事長。

2009 • Feb 2

中華民國九十八年 歲次己丑

MON	TUE	WED	THU	FRI	SAT	SUN
						1 初七
2 初八	3 初九	4 立春	5 十一	6 十二	7 十三	8 十四
9 十五	10 十六	11 十七	12 十八	13 十九	14 二十	15 廿一
16 廿二	17 廿三	18 廿四	19 雨水	20 廿五	21 廿六	22 廿七
23 廿八	24 廿九	25 三十	26 二月初一	27 初二	28 二二八紀念日	

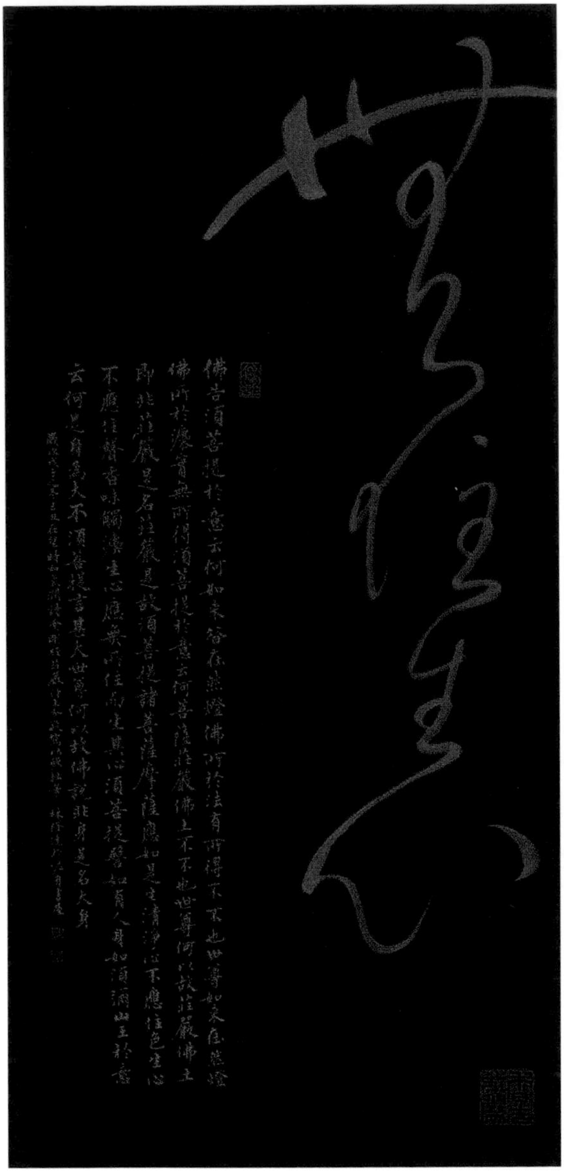

林隆達

字子喬 號泥舟
西元一九五四年生
中國醫學院藥學碩士
現任國立台灣藝術大學副教授
作品曾獲全國美展首獎
全省美展 高雄市美展永久免審查
南瀛獎 中山文藝獎 中興文藝獎
並獲聘南瀛獎 全省美展
全國美展等各項評審

2009 • Jan 1

中華民國九十八年 歲次己丑

MON	TUE	WED	THU	FRI	SAT	SUN
			1 初六	2 初七	3 初八	4 初九
5 小寒	6 十一	7 十二	8 十三	9 十四	10 十五	11 十六
12 十七	13 十八	14 十九	15 二十	16 廿一	17 廿二	18 廿三
19 廿四	20 大寒	21 廿六	22 廿七	23 廿八	24 廿九	25 三十
26 元月初一	27 初二	28 初三	29 初四	30 初五	31 初六	

張克齊

西元一九五〇年生
國立師範大學美術系畢業
文化大學藝術研究所碩士
現任國立台灣藝術大學兼任講師
擅長工筆 花鳥 走獸
作品曾獲北京中國工筆畫學會第一屆大展 金叉獎
全日本水墨大展參議長獎
為當代著名專業畫家
現任中華民國工筆畫學會理事長
台北市生態藝術協會理事長

2005・Feb 2

中華民國九十四年 歲次乙酉

MON	TUE	WED	THU	FRI	SAT	SUN
	1 廿三	2 廿四	3 廿五	4 立春	5 廿七	6 廿八
7 廿九	8 三十/除夕	9 正月/春節	10 初二	11 初三	12 初四	13 初五
14 初六	15 初七	16 初八	17 初九	18 雨水	19 十一	20 十二
21 十三	22 十四	23 十五	24 十六	25 十七	26 十八	27 十九
28 和平紀念日						

戴武光

西元一九四三年出生於新竹縣橫山鄉
號「養拙廬主人」
國立台灣師範大學美術系畢業
桃園美展・南瀛獎・全省學生・全省美展
桃園縣・新竹縣文化局展品
桃園縣・新竹縣文化局典藏品
台灣省立美術館展品評審委員
桃園縣美術教育學會第一任理事長

2005・May 5

中華民國九十四年 歲次乙酉

MON	TUE	WED	THU	FRI	SAT	SUN
						1 廿三
2 廿四	3 廿五	4 廿六	5 立夏	6 廿八	7 廿九	8 四月初一
9 初二	10 初三	11 初四	12 初五	13 初六	14 初七	15 初八
16 初九	17 初十	18 十一	19 十二	20 十三	21 小滿	22 十五
23 十六	24 十七	25 十八	26 十九	27 二十	28 廿一	29 廿二
30 廿三	31 廿四					

強大心象與澄澈心靈

符號是宇宙共通語言，心靈意識是宇宙強大的能量。自宇宙誕生一百五十億年來，地球人類的歷程相對短暫。生命洪流汩汩前行，在多元生命存在的宇宙中，人類對生命認知有限。每個生命都有其存在意義，在遙遠星系不同時空的每個星球，都有無盡美麗的故事、神話與詩歌，以優美的語言符號，傳播心靈悸動。

現代詩與企業識別設計，傳承古代詩歌與圖騰藝術，因應時代脈動應有屬於現代的風貌，時尚簡約，有別於古代。就像現代軍隊之軍旗，不再以將軍姓氏為記。這反映出內在思想，封建與民主的差異。而不論象形或寫意圖騰符號，都楬櫫生命深層意識，共同認知的印記，星星、月亮與太陽代表光明，又有夢想、希望、熱忱與願景等延伸解讀。不論在宇宙任何星系文明，都可解讀，不須透過文字學習。當然宇宙還有更強大的溝通工具—心念，不受時空限制，不須視聽器官感知。只要心靈沉澱，就可與萬物溝通無礙。

作為現代詩人，體認心靈力量對宇宙實相的影響，我寧願是傳遞光明的溫暖詩人，詩寫宇宙全象，詩寫所感知的光明意識，詩寫時代心靈脈動。作為運用符號創作的藝術家，對美感的敏銳波動，透過聲韻聽覺、行列段落視覺錯落的韻律、節奏都應力求完美，如同透過曲線與色彩表達核心價值的識別設計。只要沉澱心靈，自然領略心靈深處的宇宙之美，意識自己的生命是充滿詩意的存在。

作為識別設計家，我以符號藝術為企業機構建構視覺系統，傳遞企業機構核心價值，認知符號對人類社會集體意識強大的影響力，只要將企業機構良善的內在價值，萃取轉化成影響人心的符碼，就是影響人類集體潛意識的心靈符號。徒具美學技巧、藝術表現已然不足，創造一個完美符號需要強大心像與澄澈心靈，植基長期蘊積的生命體驗。

許世賢

豐饒土地綿密情感

戀戀風塵美麗印記
暈染咖啡色調絕代風華
滿懷溫馨香氣怡人

豐厚底蘊文字書寫
重現濃郁丰采人文景緻
心靈蛻變細密轉折

歲月堆疊歷史軌跡
犁鋤不可磨滅台灣印象
樸實鏤刻今日典雅

揚起熱騰騰米香記憶
一針一線編織過去未來
豐饒土地綿密情感

2014.12.10 記許正宗兄戀戀風塵專輯

謹以此書紀念這方國土陣亡將士　人格者

這方國土

許世賢心靈符號詩集

台灣史詩

作　　者：許世賢
美術設計：許世賢
出 版 者：新世紀美學
地　　址：新北市淡水區沙崙路 25 巷 16 號 11 樓
網　　站：www.newage-art.com
電　　話：02-28058657
郵政劃撥：50254586
印刷製作：天將神兵創意廣告有限公司
電　　話：02-28058657
地　　址：台北市民族西路 76 巷 12 弄 10 號 1 樓
網　　站：www.vitomagic.com
電子郵件：ad@vitomagic.com
初版日期：二〇一五年六月
定價：三五〇元

國家圖書館出版品預行編目（CIP）資料

這方國土 ： 許世賢心靈符號詩集 ： 臺灣史詩 /
許世賢著. -- 新北市 ： 新世紀美學， 2012.06
面 ； 公分
ISBN 978-986-88463-3-3（平裝）
851.486　　　　104009559

新世紀美學